AF591610

PARIS. — IMPRIMERIE C. CHAUFOUR
8-10, Rue Milton, 8-10

1904 Décembre.

VENTE

des Lundi 5 et Mardi 6 Décembre 1904

HOTEL DROUOT — SALLE N° 1

OBJETS D'ART

Décoratifs et d'Ameublement

DES XVIe, XVIIe ET XVIIIe SIÈCLES

TABLEAUX ANCIENS

Argenterie

BEAUX MEUBLES

Me Paul POPIN
COMMISSAIRE-PRISEUR
4, Rue Richer, 4

Me Arthur BLOCHE
EXPERT PRÈS LA COUR D'APPEL
51, Rue Saint-Georges, 51

EXPOSITION PUBLIQUE

Le Dimanche 4 Décembre 1904, de 2 h. à 5 heures 1/2

CATALOGUE

DES

OBJETS D'ART

Décoratifs et d'Ameublement

ARGENTERIE DE TABLE ET ARTISTIQUE

Bronzes, Sculptures, Porcelaines, Faïences

Armes. Objets de vitrine. Bijoux

TABLEAUX ANCIENS

Glaces avec riches cadres en bois sculpté

BEAUX MEUBLES ANCIENS

Lit, Sièges, Armoires, Bahuts, Tables
Consoles, Commodes
Cadres, Piano, Grand Lustre, Belles Pendules

TAPIS, TENTURES

HOTEL DROUOT — SALLE N° 1

Les Lundi 5 et Mardi 6 Décembre 1904

A 2 HEURES 1/4 ET LE SOIR A 8 1/2

Mᵉ Paul POPIN
COMMISSAIRE-PRISEUR
1 — Rue Richer — 1

M. Arthur BLOCHE
EXPERT PRÈS LA COUR D'APPEL
51, Rue Saint-Georges, 51

chez lesquels se trouve le présent catalogue

EXPOSITION PUBLIQUE

Le Dimanche 4 Décembre 1904, de 2 heures à 5 heures 1/2

CONDITIONS DE LA VENTE

Elle aura lieu au comptant.

Les acquéreurs paieront 10 o/o en sus des enchères.

L'exposition mettant le public à même de se rendre compte de l'état des objets, il ne sera admis aucune réclamation une fois l'adjudication prononcée.

Imprimerie C. CHAUFOUR, 8-10 rue Milton, Paris

DÉSIGNATION

MEUBLES

BOIS SCULPTES

1 — Très belle chaise longue en bois sculpté rechampi de blanc, rehaussé d'or, dessin à rocailles fleuries, du temps de la Régence, couverte et gaînée ainsi que le coussin en satin blanc broché, à bouquets de fleurs et festons de plumes enrubannées au cannetillé.

2 — Grande glace de cheminée avec cadre en bois sculpté et doré orné de guirlandes de fleurs, le fronton fond rechampi de blanc avec gerbe de lauriers et de feuillages. De chaque côté se détachent des consoles et des chutes de fleurs. Epoque Louis XVI.

3 — Grande glace avec cadre en bois sculpté et doré, décor à fleurs. Epoque Louis XVI.

4 — Cheminée en marbre blanc. Epoque Louis XVI.

5 — Ameublement de salon. Style Louis XV, bois doré, couvert en tapisserie d'Aubusson, composé d'un canapé et quatre fauteuils.

6 — Paravent en bois doré à trois feuilles. Style Louis XVI.

7 — Petit paravent en bois sculpté. Style Louis XV.

8 — Deux petites tables rognon laquées et cannées, dessus en marbre.

8 *bis* — Table de salon en noyer ciré. Style Louis XV.

9 — Guéridon bois doré. Style Louis XVI.

10 — Bahut en marqueterie de cuivre sur fond d'écaille orné de bronzes s'ouvrant à deux portes, les montants à cariatides de femmes en bronze doré, dessus en marbre noir.

11 — Grand lit de milieu tout en bois sculpté et ajouré à rinceaux fleuronnés et fleurs, les côtés à grandes colonnes feuillagées, travail du Cambodge.

12 — Dessus de table ronde en marqueterie de bois offrant au centre des courses de chars, entourage à feuilles d'acanthe, rosaces et guirlandes.

13 — Grand encadrement d'horloge en bois richement sculpté et doré, les montants à rocailles, guirlandes de fleurs, épis de blé et grappes de raisins accostés de têtes de chérubins, le haut en forme de dais surmonté d'une figurine du temps. Il pose sur deux pieds à volutes feuillagées et fleuronnées (pouvant servir de vitrine). Fin du XVIIe siède.

14 — Fauteuil d'abbé en noyer sculpté orné de volutes et mascarons, offrant au dossier des armoiries surmontées d'une mitre et d'une crosse d'évêque recouvert de cuir rouge. XVIe siècle.

15 — Six fauteuils Renaissance hollandais et une chaise en noyer sculpté et ajouré, offrant dans le bas et aux dossiers des animaux et des ornements en marqueterie de bois.

16 — Grande glace, cadre monumental en noyer richement sculpté offrant dans le bas et sur les côtés des figurines d'amours au milieu d'enroulements feuillagés et de bouquets de fleurs et tenant des volatiles. Le haut représente un aigle surmonté d'un panache de feuilles d'acanthe ee couronné par un groupe d'amours tenant un couronne. XVIIe siècle.

17 — Glace Renaissance Florentine, en bois sculpté, doré et ajouré, les montants à figurines de femmes au milieu d'enroulements feuillagés. Le haut à

trophée de feuilles d'acanthe, accosté de deux figurines d'amours, le bas orné de la tête d'un grand duc, écoinçons à fleurs de lys.

18 — Grand cabinet en bois noir orné de plaques de cuivre repoussé, à feuillages et fruits, s'ouvrant sur les côtés et dans le bas à petits tiroirs, le milieu en forme de niche, montants à colonnettes surmontées de chapiteaux, le fronton du haut orné d'une figurine de Renommée en bronze doré et les côtés de statuettes de déesses en bois sculpté et de petits vases.

19 — Cadre en ébène sculpté à volutes feuillagées et guirlandes de fleurs et coquilles.

20 — Deux chaises en bois sculpté à fleurs et arabesques, dossiers à colonnettes torses, dessus en étoffe brodée. Travail Indien.

21 — Deux guéridons chinois en bois de fer sculpté, dessus en marbre.

22 — Deux chaises en ébène sculpté et ajouré recouvertes en soie vieil or. Travail chinois.

23 — Console en bois sculpté et doré, à rinceaux feuillagés et fleuronnés et rocailles, sur piétement à volutes, le dessus en marbre. Epoque Louis XV.

24 — Gaine turque en bois sculpté et ajouré.

25 — Deux consoles en bois sculpté en peint et rouge.

26 — Cadre en bois sculpté et doré à volutes feuillagées. XVIIe siècle

27 — Cadre en bois sculpté doré à feuillages. XVIe siècle.

28 — Deux glaces, cadres en forme d'écusson en bois sculpté et doré à coquilles et rocailles fleuronnées. XVIIIe siècle.

29 — Canapé de coin d'étoffe à bouquet de fleurettes.

30 — Coussin en soie de Chine brodée à fleurs et volatiles.

31 — Deux fauteuils recouverts de moleskine noire.

32 — Bahut en marqueterie de cuivre sur fond d'écaille les côtés à cariatides d'amour, posés sur des gaines, dessus en marbre noir.

33 — Pied en bois de fer sculpté, le dessus en marbre. Travail chinois.

34 — Etagère en bois de fer sculpté et ajouré. Travail chinois.

35 — Quatre cadres de formes octogonales en bois sculpté et doré.

36 — Chaise en moucharabie incrusté d'ivoire et de nacre.

37 — Grand canapé en bois sculpté offrant des arabesques fleuries et les armes persanes, le dossier à colonnettes torses, dessus en étoffe brochée. Travail ancien de la Perse.

38 — Pouf, fond orné de satin chaudron, brodé à fleurs et rinceaux, entourage capitonné de soie bleue.

39 — Pouf recouvert de velours frappé fond vieil or, à fleurs et feuillages.

40 — Deux petits coussins rouges brodés.

41 — Deux chaises florentines à hauts dossiers, en bois noir, orné d'incrustations d'ivoire gravé à personnages mythologiques, rinceaux et chimères.

42 — Petite table pliante recouverte de peluche rouge.

43 — Grand cadre ovale en bois sculpté et doré à volutes feuillagées.

44 — Grand cadre doré et ajouré à rinceaux feuillagés.

45 — Table de forme rectangulaire en marqueterie de bois le milieu à rosaces, l'entourage à losanges, piétement et traverses à volutes et têtes de chiens.

46 — Chiffonnier s'ouvrant à sept tiroirs en marqueterie de bois à losanges et orné de bronzes dorés.

47 — Grande armoire d'aspect architectural, le fronton à corniche découpée, les côtés à figurines d'amours posées sur des volutes feuillagées. Elle s'ouvre à deux portes dans le haut et deux petites portes dans le bas ornées de marqueteries de bois avec panneaux en ressaut. XVIIe siècle.

48 — Coffret à ouvrage avec petits compartiments à l'intérieur, orné de peintures vernis Martin et le couvercle de marqueterie à scènes galantes avec appliques de cuivre repoussé à coquilles. XVIIIe siècle.

49 — Deux grandes galeries de croisées en bois sculpté et doré à coquilles au milieu de rinceaux feuillagés et fleurs, bois peint bleu et or.

50 — Glace ancienne de Venise encadrement gravé.

51 — Cadre vénitien en bois sculpté et doré.

52 — Lit à tiroirs en acajou sculpté.

53 — Table ronde en acajou.

54 — Table pliante en acajou.

55 — Grande toilette de style Renaissance en bois sculpté, le dessus en marbre, le haut orné d'un fronton avec glaces et étagères sur les côtés.

56 — Servante supportée par deux lions en bois sculpté.

57 — Dessus de porte en bois sculpté et peint jaune à coquilles volutes feuillagées, époque Louis XIV.

58 — Petit bureau en acajou.

59 à 65 — Dix cadres anciens en bois sculpté et doré à enroulements feuillagés, feuilles d'acanthe guirlandes, etc. (Seront divisés).

66 — Piano droit en bois noir gravé de STEINWAY dont l'intérieur est métallique.

67 — Colonne en marbre blanc veiné base et chapiteau à moulures.

68 — Miroir modulé en bois sculpté et doré, encadrement à volutes, feullage et fleurs, le haut à corbeille de fleurs.

69 — Petite vitrine d'applique Régence en bois sculpté et doré, le fronton à bouquet et guirlandes de fleurs au milieu de rocaille.

70 — Crédence en noyer sculpté, le corps du haut supporté par quatre statuettes de femmes allégoriques, le haut s'ouvre à trois portes, celle du milieu offre en bas relief, le Mariage de Henri IV, et sur les côtés le buste du Roi et de la Reine.

71 — Cadre de miroir doré à feuillages.

72 — Deux cadres ovales dorés, écoinçons à guirlandes.

73 — Trois cadres noir et or.

74 — Grand encadrement pour photographies.

75 — Quatre chaises légères en bois sculpté et doré dossiers à colonnettes recouvertes de satin broché à fleurs.

76 — Chaise pliante recouverte de velours bleu brodé à fleurs et rinceaux feuillagés.

77 — Vitrine style Louis XVI en bois de rose et moulures de cuivre, le haut à galerie ajourée dessus en marbre.

77 bis — Fauteuil tonkinois à dossier arrondi, en bois de fer sculpté, gravé et ajouré à dragons fleurs et feuillage.

78 — Petite colonne cannelée en onyx et marbre rouge, avec base et chapiteau.

79 — Petite table orientale de forme octogonale, ornée d'incrustations de nacre.

80 — Paravent japonais en laque fond noir orné en relief, de personnages et d'arbustes fleuris incrustés d'ivoire et de nacre.

81 — Petite étagère de coin en bois sculpté blanc et or, à volutes et mascarons.

82 — Petite table Louis XV forme cœur en vernis Martin à scène galante et fleurs sur un fond aventuriné.

83 — Petite console en bois sculpté et doré à lambrequins et guirlandes.

84 — Petit chiffonnier en palissandre et bois de rose s'ouvrant à sept tiroirs ornés d'une marqueterie à fleurs dessus en marbre blanc.

85 — Petite marquise, forme corbeille en bois sculpté et doré, dossier à colonnettes avec rampe et dessus en peluche bleue brodée à fleurs.

86 — Chaise en moucharabie, dossier ajouré.

87 — Petite table orientale de forme octogonale et incrustée de nacre.

88 — Deux petites consoles d'applique en bois sculpté et doré à coquilles.

89 — Canapé et deux chaises recouverts d'étoffes fond vieil or, à fleurs.

90 — Table de salon en marqueterie de cuivre sur fond d'écaille entourage chutes à têtes de femmes et fleurs en bronze ciselé et doré.

91 — Tabouret rond en bois doréet recouvert d'une étoffe orientale brodée.

92 — Ecran en bois doré façon bambou, feuille en satin de Chine brodé à fleurs et volatiles.

93 — Quatre grandes statuettes d'amours en bois sculpté XVIIe siècle.

94 — Lot de bois sculptés, frises, etc.

95 — Glace ancienne de Venise à fronton, encadrement en verre gravé et fleurs en relief.

96 — Lit en cuivre doré.

97 — Machine à coudre Singer.

98 à 100 — Meubles courants.

101 — Belle chaise à porteurs formant vitrine, décorée de peintures vernis Martin à treillages fleuris sur fond vert, et offrant sur le devant des armoiries, accostées de figurines d'amours, intérieur gainé de velours jaune. Epoque du XVIIIe siècle.

102 — Guéridon rond en acajou posant sur trois pieds sculptés et dorés à mascarons, dessus et tablette d'entrejambe en marbre blanc. Epoque du Ier Empire.

103 — Console en bois sculpté et doré Louis XVI à bandeaux ajourés et guirlandes de fleurs surmontée d'une glace trumeau en bois peint blanc et doré, offrant dans le haut un médaillon avec peinture, portrait de femme Louis XVI.

104 — Deux fauteuils bois sculpté et doré foncés de canne, dossiers et coussins en velours rouge ciselé. Style Louis XIV.

105 — Fauteuil dossier à médaillon en bois sculpté et doré, à trophées, rais de cœur, couvert en tapisserie d'Aubusson à bouquets de fleurs sur fond crême. Style Louis XVI.

106 — Deux fauteuils en acajou sculpté couverts en soierie grisaille. Ier Empire.

107 — Méridienne en acajou sculpté, côtés ajourés couverte en velours jaune à palmettes. Ier Empire.

108 — Guéridon en bois de rose et palissandre garni de bronzes ciselés et dorés avec tablette d'entre-jambe, dessus en onyx. Style Louis XVI.

109 — Fauteuil de style Louis XVI en bois sculpté et doré à piécettes enfilées, et chûtes de fleurs, le dossier à trophées d'instruments de musique au milieu d'une couronne de fleurs, recouvert en tapisserie d'Aubusson fond gris perle à guirlandes de fleurs.

110 — Tabouret de style Louis XVI en bois sculpté et doré recouvert de damas de soie rouge.

111 — Fauteuil de coin en bois noir foncé de paille.

112 — Chaise en acajou sculpté, parties dorées, couverte en soierie. Style Louis XVI.

113 — Canapé en bois sculpté peint blanc avec coussin et partie du dossier garnis en soierie brochée à fleurs et rubans, fond crême. Style Louis XV.

114 — Petite table rectangulaire en acajou et filets de cuivre, dessus en marbre. Style Louis XVI.

115 — Ecran en bois sculpté et doré avec feuille en satin et broderie orientale.

116 — Table gigogne en bois laqué, doré et peint.

117 — Corbeille à papiers en cuivre.

118 — Tabouret de forme octogonale en bois sculpté et doré, dessus formé par un plateau en cuivre gravé et doré d'Orient.

OBJETS D'ART

119 — Très jolie pendule de l'époque Louis XVI. Une ronde d'amours en bronze doré, représentant les Saisons entoure un fût de colonne en marbre noir supportant le mouvement surmonté d'une figurine d'amours allégorique au Temps, socle en marbre blanc orné sur le devant d'un bas-relief en bronze doré.

120 — Deux appliques à deux lumières en bronze ciselé et doré à rocailles fleuronnées. Epoque Louis XV.

121 — Paire de girandoles à deux lumières en bronze argenté et ciselé à cannelures, le haut à cassolettes enguirlandées. Epoque Louis XVI.

122 — Pendule de l'époque Louis XVI, ornée de deux figurines en bronze doré : Le Serment d'amour, socles en marbre blanc orné d'une frise à branches de vignes en bronze doré.

123 — Deux flambeaux plaqué argent à gaudrons.

124 — Deux appliques Louis XV à deux lumières, modèle à rocailles.

125 — Buste en porcelaine de Marie-Antoinette.

126 — Deux pots chinois en bambou sculpté à personnages.

127 — Deux petits bouts de table à deux lumières en bronze doré et argenté et ornés d'une figurine de petite fille et d'un petit garçon.

128 — Cafetière en porcelaine du Japon, décor en relief et supportée par trois statuettes de personnages.

129 — Pendule et son socle ornés d'une marqueterie de cuivre et de bronzes dorés le haut surmonté d'une figurine d'amour. Epoque Louis XIV.

130 — Socle en marqueterie de Boulle, orné de bronzes dorés.

131 — Suspension de billard en bronze doré.

132 — Deux vases en cuivre gravé.

133 — Grand lustre en bronze doré à soixante-dix-huit lumières, modèle à mascarons et rinceaux feuillagés.

134 — Grande lanterne en bronze ciselé et doré à cage treillagée, ornée de petites glaces biseautées le haut orné d'une couronne de prince (préparée pour le gaz).

135 — Trois plats en cuivre repoussé à personnages, sujets mythologiques et ornements.

136 — Deux figurines chinoises habillées d'étoffe.

137 — Deux socles en ancienne faïence de Rouen, polychromée.

138 — Deux vases en bronze du Japon décorés de volatiles, dragons et arbustes fleuris.

139 — Deux pots avec couvercles en bois noir sculpté à personnages, travail chinois.

140 — Jardinière de forme octogonale en ancienne faïence de Rouen, les côtés à bustes de femmes posés sur des gaînes.

141 — Trois plats en ancienne porcelaine de Saxe, à fleurs, insectes et légumes en polychrome, bordures gaufrées.

142 — Deux plats en ancienne faïence italienne et de Delft.

143-144 — Seize assiettes et un plat en porcelaines et faïences de Rouen, Japon, Italie et hispano-mauresque.

145 — Trois plats en ancienne faïence émaillée blanc, bordure à rocailles treillagées et ajourées.

146 — Deux petits supports vénitiens en bois peint et doré, formés par des figurines de nègres.

147 — Deux vases en bronze du Japon, ornés de dragons enroulés.

148 — Lion en terre cuite tenant un écusson.

149 — Porte-cigare doré en forme de pigeonnier.

150 — Deux candélabres à cinq lumières en bronze doré, formés par des vases en porcelaine bleue montés en bronze.

151 — Deux flambeaux Empire en bronze, formés par des statuettes d'Egyptiennes.

152 — Deux appliques à trois lumières en bronze ciselé et doré, le haut à cassolettes enguirlandées. Epoque Louis XVI.

153 — Plat en ancienne porcelaine de l'Inde représentant le char d'Amphitrite.

154 — Coupe en porcelaine de Sèvres offrant au centre un groupe d'amours, bordure à guirlandes de fleurs.

155 — Deux petits tableaux représentant Louis XVIII et la duchesse de Berri, imprimés sur soie et encadrés de guirlandes de fleurs brodées d'or.

156 — Deux jardinières en porcelaine de Chine, décor à la jardinière fleurie.

157 — Plat en cuivre argenté et gravé.

158 — Deux chenets en bronze, ornés de figurines de femmes sur des socles triangulaires supportés par des faunes accroupis.

159 — Devant de feu en bronze : Lion et lionne posés sur des terrassements.

160 — Grande potiche avec couvercle surmonté d'une chimère, en faïence de Satzuma, décor à personnages dans des paysages, posant sur un socle.

161 — Groupe équestre en porcelaine d'Allemagne : La reine de Saba.

162 — Suspension de billard à trois becs, surmontée d'une couronne de prince en bronze doré.

163 — Trois cravaches pommes en argent.

164 — Garniture de cinq pièces en ancienne faïence de Delft; trois potiches avec couvercles surmontés de perroquets et deux cornets, décor à animaux et fleurs en bleu sur blanc.

165 — Deux petites potiches avec couvercles en ancienne porcelaine du Japon, décor à arbustes fleuris en bleu et rouge.

166 — Deux cornets en faïence italienne, médaillons à personnages religieux.

167 — Aiguière et son plateau en porcelaine de l'Inde, décor à médaillons de personnages européens.

168 — Support chinois en bois noir ajouré.

169 — Deux chenets en cuivre ciselé, cassolettes supportées par deux dauphins.

170 — Deux bustes anciens de femmes, en forme de reliquaire, en bois sculpté, peint et doré.

171 — Trois petits cadres en bois sculpté et ajouré.

172 — Deux socles de potiches en bois de fer sculpté.

173 — Deux panneaux en ancienne laque, paysages animés de personnages.

174 — Boîte en laque rehaussée d'or.

175 — Deux assiettes en ancienne porcelaine de Frankenthal à sujets chinois.

176 — Trois assiettes en faïences de Rouen et Italienne.

177 — Deux plats de forme carrée en porcelaine de Saxe fond bleu, médaillons à scènes galantes.

178 — Colonne de lampe en malachite montée en bronze. Epoque Premier Empire.

179 — Deux hallebardes chinoises.

180 — Deux statuettes vénitiennes en bois sculpté, peint et doré : Esclaves sur des proues de gondoles.

181 — Buste en biscuit Marie-Antoinette.

182 — Petit vase en faïence décorée représentant une marine.

183 — Petite glace ovale, cadre gravé à fleurs et orné de figurines d'amours en bronze ciselé et doré.

184 — Statuette en marbre, d'enfant tenant une corne d'abondance.

185 — Deux barils en porcelaine de Chine à personnages.

186 — Tabouret forme baril en porcelaine, dessin persan à fleurs et feuillages.

187 — Deux canards en bronze de Chine posant sur socles en bronze ajouré.

188 — Deux appliques à sept lumières en bronze ciselé et doré, à rocailles fleuronnées.

189 — Deux gourdes en antimoine à fleurs et volatiles.

190 — Coffret en bois noir orné de bronzes et de plaques de porcelaine à fleurs et amours.

191 — Petit panier à anse en bronze argenté et doré.

192 — Bouteille en faïence italienne, décor à amour et sirène.

193 — Petite console en bois sculpté et doré, figurine d'amour.

194 — Statuette en faïence : le Chanteur nègre.

195 — Deux vases en faïence du Japon décorés d'arbustes fleuris, sur fond bleu et jaune.

196 — Miroir de style Louis XV, cadre en faïence à fleurs et rocailles, le haut à médaillon.

197 — Vase persan en cuivre gravé et ajouré.

198 — Plateau en antimoine, décor à personnages dans un paysage rehaussé d'or.

199 — Sabre japonais en os sculpté à personnages.

200 — Lampe formée par une statuette de danseuse arabe.

201 — Deux bonbonnières en cloisonné.

202 — Petit buste en bronze de bacchant.

203 — Gobelet arabe en cuivre gravé.

204 — Petit casque en bronze.

205 — Encrier en porcelaine forme casque badois.

206 — Coffret renfermant deux boîtes à thé en ancienne laque à personnages, arbustes et rehauts d'or.

207 — Coffret à jeux en laque fond noir à personnages en rehauts d'or.

208 — Peigne du Ier Empire en argent doré, orné de roses et de perles.

209 — Deux vases Empire et une veilleuse porcelaine de Paris, décor à scènes galantes et rehauts d'or.

210 — Petit cadre Louis XV en argent repoussé à figurines d'amours.

211 — Casque japonais en cuivre émaillé.

212 — Sucrier en ancienne porcelaine blanche d'Allemagne, décor à cartouches, rocailles et guirlandes de fleurs, le couvercle surmonté d'une figurine d'amour.

213 — Deux petites potiches en cuivre filigrané et émaillé.

214 — Belle pendule en bronze finement ciselé et représentant le lion de Venise posant sur un terrassement à draperies.

215 — Deux vases en porcelaine fond bleu à rehauts d'or, décors de médaillons à scènes galantes, montures en bronze cloisonné.

216 — Vase à anses et aiguière en faïence italienne, décor à médaillon de personnages et chimères.

217 — Deux vide-poches : chiens en bronze argenté.

218 — Petit cabinet en bois noir laqué fond noir, dessin à feuillages en rehauts d'or et incrustations de nacre.

219 — Petit coffret à bijoux bronze argenté, le couvercle surmonté d'une figurine d'amour.

220 — Petite lanterne chinoise en bronze ciselé et ajouré.

221 — Jardinière Louis XV en bronze argenté partie doré et ciselé à rocailles fleuronnées.

222 — Deux candélabres à sept lumières de style Louis XVI en bronze ciselé et doré, modèle à cassolettes enguirlandées, et sur trépieds.

223 — Deux candélabres à trois lumières en porcelaine de Saxe, tiges ornées dans le bas d'un groupe, femme et amour.

224 — Deux petits cadres florentins en bois sculpté et doré.

225 — Porte-bouquet argenté, à têtes de cerfs et chiens.

226 — Statuette en bronze : la Jeune fille à la colombe, de Cajani.

227 — Flambeau en bronze doré, à figurine d'amour.

228 — Porte-bouquet en ivoire japonais à personnages.

229 — Vase persan en cuivre gravé et doré.

230 — Statuette de vestale en porcelaine blanche.

231 — Deux assiettes en porcelaine décorée à scènes galantes et marines, cadres bois doré.

232 — Assiette en porcelaine décorée, le Concert champêtre, bordure bleue à rehauts d'or.

233 — Deux plats en Satsuma à personnages.

234 — Plat persan en cuivre gravé.

235 — Petite peinture sur porcelaine encadrée : scène de chasse.

236 — Petite étagère avec glace en moucharabie.

238 — Petit cheval en bronze de Chemin.

239 — Deux petits flambeaux en bronze, personnages japonais.

240 — Deux flambeaux en cuivre formés par des chimères.

241 — Vide-poche forme feuille en cloisonné.

242 — Pot avec couvercle en bois de fer sculpté.

243 — Cache-pot en Satsuma à personnages.

244 — Petit buste en terre cuite : la Rieuse.

245 — Coffret à bijoux en thuya.

246 — Deux jardinières persanes en cuivre repoussé.

247 — Coffret en palissandre et thuya, orné de bronzes, incrusté d'écaille, le couvercle à bouquet de fleurs.

248 — Miroir, cadre en bronze doré, le haut à vase de fleurs.

249 — Cadre de glace en bronze doré, le haut à mascaron.

250 — Jardinière de style Louis XV en bronze ciselé à rocailles fleuronnées.

251 — Deux petits vases chinois à col évasé et gravé.

252 — Deux vases en verre rouge de Bohême à arêtes saillantes.

253 — Porte-pelle et pincettes en bronze doré.

254 — Porte photographie formé par une statuette de guerrier japonais.

255 — Sceau en cuivre repoussé, travail oriental.

256 — Eléphant supportant une pagode en bronze japonais, socle en marbre blanc.

257 — Service de fumeur en bronze doré avec plateau.

258 — Chimère en bronze du Japon.

259 — Lustre en cristal et bronze doré à quarante lumières orné de perles facetées.

260 — Grand devant de feu en bronze ciselé et doré à fleurs de pavots et volutes feuillagées.

261 — Lampe en bronze du Japon à fleurs et volatiles.

262 — Panneau renfermant des masques japonais.

263 — Grande lanterne ronde d'antichambre en bronze parties dorées.

264 — Fronton en bois sculpté à tête de chérubin.

265 — Grand cartouche ancien en bois sculpté, offrant la Vierge et l'Enfant, les cotés à cariatides de chérubins, le bas à volutes feuillagées.

266 — Buste en terre cuite tête de femme.

267 — Plateau cuivre gravé.

268 — Grand coffret en bois sculpté, à guirlande et amours orné de bronzes.

269 — Mandoline et violon.

270 — Trois gros objectifs de photographie, quatre, cinq et six pouces avec accessoires.

271 — Cinq petits objectifs de photographie.

272 — Boîtes de plaques, châssis, pieds d'appareils, cuvettes, etc.

273 — Lustre en bronze ciselé et doré à dix-huit lumières, dessin à rinceaux, guirlandes et figures d'amour, disposé pour l'électricité.

274 — Lustre en bronze ciselé et doré, style Louis XV, disposé pour l'électricité.

275 — Buste en marbre blanc : Pierre-le-Grand, sur socle en malachite garni de bronzes ciselés et dorés. Ier Empire.

276 — Fontaine en marbre blanc sculpté représentant un amour près d'un dauphin, au milieu d'un encadrement de feuillages et mascaron, bassin forme coquille, XVIIIe siècle.

277 — Flambeau bouillotte à deux branches en bronze doré Louis XVI avec abat-jour peint vert.

278 — Flambeau bouillotte à deux branches. Epoque Louis XVI.

279 — Deux flambeaux formant cassolettes en marbre rouge garni de bronzes ciselés et dorés, style Louis XVI.

280 — Deux lampes de procession en fer forgé peint et doré, hampes en velours clouté de cuivres.

281 — Lampe d'applique en fer forgé et cuivre rouge.

282 — Deux aigles en bois sculpté et doré.

283 — Paire dc chenêts en bronze doré Louis XV.

284 — Brûle-parfums en cuivre ajouré de Perse.

285 — Groupe en bronze, Chiens.

286 — Buste de femme en bronze.

287 — Buste Amour et fortune.

288 — Paire de grands vases garnis de bronze, style Louis XV.

289 — Coupe en porcelaine de Chine monture en bronze.

290 — Haut relief ancien en cire : Sainte.

291 — Buste de femme Louis XVI en marbre.

292 — Statuette en marbre : Réverie, signée Seranezza.

293 — Petit buste de femme en marbre.

ARMES

294 — Sabre persan poignée en fer incrusté d'or lame damas.

295 — Poignard turc manche ivoire.

296 — Poignard persan à lame recourbée manche en dent de morse sculpté à personnages.

297 — Poignard persan lame damasquinée poignée en fer incrusté d'or.

298 — Deux lames de hallebarde damasquinées d'or.

299 — Poignard turc manche en corne, monture damasquiné d'or.

300 — Deux poignards turcs manche dent de morse lames damasquinée.

301 — Revolver ancien à cinq canons.

302 — Deux pistolets canons damas rayés.

303 — Revolver de Devisme.

304 à 306 — Lot d'armes sabres, fleurets, etc.

307 — Collection de trente-huit armes françaises et orientales, casques, épées, fusils, sabres, etc.

ARGENTERIE

316 — Douze cuillers et fourchettes et douze cuillers et fourchettes à entremets en argent bordure à filets.

317 — Douze cuillers à café en argent.

318 — Service à découper, manche ivoire fourchette en argent.

319 — Deux cuillers à sucre et service à salade ivoire manche argent.

320 — Deux louches en argent.

321 — Cafetière Ier Empire en argent.

322 — Légumier avec son couvercle à fruits, plateau en argent uni.

323 — Pot à lait en argent uni.

324 — Bol à anses en argent.

325 — Bougeoir en argent.

326 — Bouilloir en argent uni.

327 — Passe thé en argent et vermeil.

328 — Deux coquetiers en vermeil.

329 — Deux louches en argent.

330 — Cuiller à poudre et pince à sucre en argent.

331 — Couvert d'enfant en argent, quatre pièces.

332 — Service à hors d'œuvre, une pelle à poisson en argent manche ivoire.

333 — Douze cuillers à café en argent.

334 — Vingt huit cuillers et vingt huit fourchettes en argent.

335 — Douze cuillers à café en argent uni, manche ciselé et gravé (dans un écrin).

336 — Cuiller à sucre en argent.

337 — Bol en argent.

OBJETS DE VITRINE

338 — Service à café turque, en cuivre repoussé doré et émaillé, composé d'un plateau, un porte tasse et six petites tasses, une cafetière et un pot à lait.

339 — Support en cloisonné, formé par trois figurines d'amours en bronze argenté socle en onyx.

340-341 — Quatre statuettes en porcelaine de Saxe personnages mythologiques.

342 — Groupe en Saxe le Char de Vénus.

343 — Groupé en porcelaine d'Allemagne. La Musique.

344 — Support en porcelaine de Saxe accosté de deux figurines d'enfants.

345-346 — Quatre petites potiches en cloisonné à branchages fleuris et papillons.

347 — Porte cure dents en métal argenté formé par un chameau.

348 — Encrier en tôle le couvercle orné, peinturé vernis Martin à l'intérieur et l'extérieur, représentant une scène galante et champêtre. Epoque du Ier Empire.

349 — Cinq tasses et quatre soucoupes en porcelaine décorée à fleurs, oiseaux et guirlandes, et rehauts d'or.

350 — Boîte à poudre en ivoire, couvercle ornée de miniatures têtes de femmes.

351 — Petit étui en nacre et deux besaces en ivoire.

352 — Etui en nacre incrusté d'argent, médaillons à petits personnages, trophées et guirlandes de fleurs. Epoque Louis XVI.

353 — Deux glaces persanes en carton ornées de peintures à personnages.

354 — Plaque en émail de Limoges le char d'Amphitrite.

355 — Trois statuettes d'amours en bois sculpté.

356 — Trois cuillers à café en émail de Saxe.

357 — Petit taureau en bronze noir cornes en ivoire.

358 — Canif en nacre monture argent, dans son écrin en galuchat.

359 — Etui et éventail Ier Empire en ivoire sculpté et ajouré.

360 — Deux petites bonbonnières couvercles ornés de peintures vernis Mariin, les petits Bacchus.

361 — Deux statuettes en porcelaine de Saxe. Les Musiciens ambulants.

362 — Groupe en porcelaine d'Allemagne. Le Char.

563 — Deux statuettes en terre cuite teinte bronzée personnages japonaie.

364 — Groupe en biscuit, la Danse.

365 — Statuette en Saxe l'Enfant au panier.

366 — Nécessaire avec flain en nacre gravé et incrusté à rehauts d'or, à paysages et fleurs. Epoque Louis XVI.

367 — Trois étuis en nacre et ivoire sculpté.

368 -- Couteau ancien manche en nacre.

369 — Boîte à louche cuivre doré.

370 — Six petites cuillers à café en argent et vermeil laqué à têtes d'amours.

371 — Deux bustes en biscuit Louis XVI et Marie Antoinette.

372 — Bonbonnière plate en ancienne porcelaine de Chine à personnages.

373 — Boîte forme éventail en ancienne porcelaine de Jacob Petit, blanc et or, avec bouquets de fleurs en relief.

374 — Deux petits porte-bouquets forme boucle en bronze ciselé et argenté à rocaille, cartouches et guirlandes de fleurs.

375 — Porte-flacons en porcelaine fond bleu couvercles à volatiles.

376 — Brosse dessus en argent repoussé à rinceaux et fleurs.

377 — Bonbonnière en nacre couvercle ajouré.

378 — Deux petits peignes ornés de turquoises.

379 — Groupe en porcelaine blanche d'Allemagne petits bacchus et moutons.

380 — Deux statuettes de musiciens en porcelaine d'Allemagne.

381-383 — Cinq statuettes en porcelaine de Saxe, cuisinier, danseuses, et figurines allégoriques.

384 — Vache en porcelaine de Saxe.

385 — Petite boîte en porcelaine de Saxe.

386 — Deux pommes cannes en argent ciselé et gravé, travail du Tonkin.

387 — Deux cuillers en argent et vermeil, tiges à torsades.

388 — Petit flacon en cristal, monture en argent émaillé.

389 — Deux porte-bouquets japonais forme ruche en métal japonais.

390 — Cachet en prisme d'émeraude, monture argent.

391 — Deux figurines en ivoire, la Vierge et une Sainte.

392 — Théière, sucrier et deux tasses en porcelaine fond noir à fleurs et rehauts d'or.

393 — Petit étui ancien, vernis Martin à fleurs sur fond vert.

394 — Petit plateau en ancienne porcelaine de Saxe à fleurs

395 — Coupe en cuivre doré, filigrané et orné d'émaux.

396 à 399 — Suite de quatorze objets de vitrine en argent, chaise à porteurs, table, mandoline, flacons, voitures, chaises, cafetières, etc., etc...

400 — Petit vase avec couvercle en ancienne porcelaine de Sèvres, médaillon à trophée champêtre.

401 — Trois pièces d'encrier en porcelaine décorée, couvercles bronze doré.

402 à 411 — Collection de dix jolies miniatures portraits de femmes du XVIIIe siècle.

TABLEAUX

L'ALBANE (Ecole de)

412 — *Les Présents d'un Empereur Romain.*

BOUCHER (D'après).

413 — *Baigneuses.*

BOURGUIGNON (Attribué à).

414 — *Combat de guerriers Romains.*

Cadre ancien en bois sculpté peint blanc et doré.

BIGOT

415 — *Sujets galants.*

Deux peintures sur porcelaine.

DAVID (Ecole de).

416 — *Mme Récamier, représentée en costume blanc décolleté et assise sur une méridienne.*

417 — *L'Impératrice Joséphine dans le Parc de la Malmaison.*

DUPUIS

418 — *Paysage bord de rivière.*

DIAZ (Attribué à)

419 — *Bohémiennes.*

LAFOSSE (Charles de).

420 — *L'Enlèvement d'Europe.*

LARGILLIERE (Attribué à).

421 — *Portrait de dame en corsage orange brodé d'or et manteau de velours bleu.*

Cadre ovale en bois sculpté et doré.

LOPIELICH

422 — *Paysage.*

MAZEROLLE.

423 — *L'Amour est mort.*

MIDY

424 — *La Chasse au faucon.*

Aquarelle.

MIERIS (Attribué à).

425 — *La Cabaretière.*

OMMEGANCK

426 — *Berger et son troupeau.*

PERNET

427 — *Ruines animées de personnages.*

Aquarelle.
Cadre en bois sculpté et doré.

QUERFURTH

428 — *Le camp.*

POLEMBURG

429 — *Sainte Madeleine.*

ROSE DE TIVOLI

430 — *Berger au milieu de son troupeau.*

RUBENS (Ecole de)

431 — *Les tentations de l'Amour.*

Cadre en bois sculpté et doré.

VIGÉE-LEBRUN (Attribué à)

432 — *Portrait d'une jeune fille peintre.*

WOUWERMAN (Attribué à Pierre)

433 — *Cavaliers près de ruines.*

Cadre en bois sculpté et doré.

WOUWERMANN (Attribué à Philippe)

434 — *Le départ pour la chasse.*

ÉCOLE ESPAGNOLE

435 — *Femme couchée.*

436 — *La tentation du Faune.*

437 — *Le muletier.*

438 — *L'armurier.*

439 — *L'ange du jugement dernier.*

Peinture sur ardoise.

ÉCOLE FRANÇAISE

440 — *L'offrande au Faune.*

Grisaille.

ÉCOLE FLAMANDE

441 — *Le repas des deux amis.*

ÉCOLE FRANÇAISE

442 — *Paysage avec vue de village.*

Gouache.

443 — *La Pavane.*

Peinture vernis Martin.

444 — *Portrait de dame en collerette tuyautée, le corsage orné d'une chaine d'or et de joyaux.*

ECOLE ITALIENNE

445 — Allégorie.

ECOLE MODERNE

446 — *Combat de coqs.*

Aquarelle.

447 — *Le Marché aux chevaux.*

448 — *Le Marché aux poissons.*

449 — Deux dessus de portes allégoriques aux croisades.

450 — *Fruits sur une table.*

451 — *Paysage, route le long d'une forêt.*

452 — *Nymphe.*

Cadre bois sculpté et doré.

453 — *Vase de fleurs et fruits dans le bas.*

454 — Gravure représentant Pétronie femme de l'empereur Vitellius, le costume et l'encadrement sont en soie tissée et brodée d'or.

TENTURES, TAPIS

455 — Deux paires de rideaux avec baldaquins à fleurs sur fond crème.

456 — Deux paires de rideaux bleu avec bandes de tapisserie à fleurs.

457 — Paire de grands rideaux avec leurs baldaquins en étoffe brochée dans le goût oriental.

458 — Grand tapis à fleurs sur fond beige.

459 — Deux paires de rideaux en étoffe fond jaune à fleurs.

460 — Deux rideaux en étoffe fond beige.

461 — Robe chinoise brodée à fleurs et dragon.

462 — Objets omis.

VENTE

après Décès de M. P...

BIJOUX

464 — Paire de boutons d'oreilles, brillants solitaires montés à griffes.

465 — Bague or avec brillant solitaire.

466 — Bague or à double rang de brillants.

467 — Broche gerbe en or de couleur, enrichie d'un brillant solitaire monté à griffes.

468 — Montre de dame en or à remontoir avec chaîne sautoir en or.

469 — Broche-pendentif en or émaillé à filets noirs, enrichie de brillants et de perles.

470 — Bracelet en or poli.

471 — Montre de dame en or guilloché avec écusson émaillé.

472 — Bague or avec grenat et quatre petites perles.

ARGENTERIE — ARGENTURE

473 — Service de table en argent composé de dix-huit grands couverts, dix-huit couverts à entremets, dix-huit cuillers à dessert ou à café, dix-huit grands couteaux, dix-huit couteaux à dessert à lames d'argent, dix-huit autres à lames d'acier, un couteau à fromage, services à découper, à salade et à poisson, quatre pièces d'hors-d'œuvre, manche à gigot, pince à asperges, louche, cuiller à sauce, pince à sucre, cuiller à sucre, deux cuillers à sauce, deux autres à compotes, au chiffre P. R. le tout dans un coffre à compartiments.

474 — Pelle à gateaux en argent, manche guilloché.

475 — Réchaud ovale en métal argenté.

476 — Samovar en métal argenté.

477 — Moulin à poivre en métal argenté.

478 — Cafetière et pôt à crème en métal anglais.

MEUBLES

479 — Meuble de salon en tapisserie à fleurs, fond crème sur contrefond vert d'eau, bois en poirier noirci et sculpté, composé d'un canapé, quatre fauteuils et quatre chaises.

480 — Pouf en bois doré, recouvert de tapisserie à la main, à fleurs.

481 — Ecran en acajou, feuille en tapisserie au petit point représentant une vue de Moscou.

482 — Deux chaises légères en bois noir, recouvertes en tapisserie à la main à fleurs sur fonds noir et jaune.

483 — Chambre à coucher en palissandre sculpté et ciré, composée d'un lit avec sa literie, d'une armoire à glace et d'un table de nuit.

484 — Toilette en palissandre, le dessus en marbre blanc, surmontée d'une glace.

485 — Table à ouvrage en acajou, le dessus mobile se développant pour former table à jeu.

486 — Coffre-fort d'Haffner renfermé dans un meuble en acajou.

487 — Piano droit en palissandre.

488 — Commode en palissandre s'ouvrant à trois tiroirs, le haut formant bureau, dessus en marbre blanc.

489 — Commode du Ier Empire en acajou s'ouvrant à quatre tiroirs, montants à colonnettes ornées de bronzes ciselés et dorés, dessus en marbre noir.

490 — Deux glaces cadres dorés, le haut à cartouche feuillagé.

491 — Bahut Henri II en noyer sculpté s'ouvrant à deux portes dans le haut et dans le bas offrant en bas relief des cartouches à mascarons au milieu de rinceaux feuillagés et ornements, montants à colonnettes cannelées.

492 — Bureau ministre de même travail, dessus en drap vert.

493 — Fauteuil de bureau en noyer sculpté, pieds à griffes, accotoirs à volutes feuillagées recouvert de cuir vert.

494 — Petite chaise basse foncée de canne.

495 — Desserte en chêne sculpté intérieur en marbre blanc.

496 — Porte-manteaux en chêne sculpté.

496 — Glace cadre doré.

498 — Table à jeu en poirier noirci et sculpté, dessus en drap vert.

499 — Petit meuble étagère en bois noir, orné de filets de cuivre.

OBJETS D'ART

500 — Garniture de cheminée en cuivre ciselé dans le goût de la Renaissance, composée d'une pendule et de deux candélabres à sept lumières, accostés de cariatides ailées.

501 — Devant de feu et chenêts de même travail.

502 — Deux appliques à trois lumières de même travail.

503 — Porte-pelle et pincettes en bronze doré.

504 — Cartel Louis XVI en bronze ciselé, le haut à brûle-parfums et rubans, le bas à guirlandes de laurier, cadran signé Julien Leroy.

505 — Paire de candélabres Ier Empire en bronze ciselé et doré, tiges à quatre lumières base triangulaire, posées sur des cariatides de lions ailés et offrant en bas relief des figures de renommées.

506 — Paire de potiches ancienne faïence de Delft, décor aux Chinois en bleu sur blanc.

507 — Potiche en ancienne faïence de Delft décor bleu sur blanc à fleurs et volatiles.

508 — Deux chenêts en bronze parties dorées et ornés de figurines de Chinois.

509 — Service en faïence décor à fleurs composé de cinquante assiettes plates, quinze assiettes creuses, six plats longs, deux ronds, deux léguniers et une saucière, un saladier, quatre raviers et une soupière avec son plateau.

510 — Service à dessert en faïence de Sarreguemines à fleurs, composé de vingt-quatre assiettes et quatre compotiers.

511 — Service en porcelaine décoré d'oiseaux, signé Mausard, composé de huit tasses, une cafetière, un sucrier et un pot à lait.

512 — Deux candélabres en cristal de Baccarat, formés par des figurines d'amours portant des tiges à trois lumières.

513 — Lampe colonne en bronze noir partie dorée, tige à cannelures.

514 — Lampe carcel en cuivre.

515 — Deux bouteilles persanes en cuivre gravé et émaillé.

516 — Pendule œil-de-bœuf.

TAPIS, TENTURES

517 — Tapis d'Aubusson fond rose et crème à fleurs.

518 — Deux chemins anciens d'Orient à dessins polychrome.

519 — Deux paires de rideaux en cretonne, dessin oriental.

520 — Deux portières en étoffe imprimée a feuillages.

521 — Deux rideaux en étoffe fond vert, à rinceaux et chimères.

522 — Rideaux en reps d'Aubusson fond vert d'eau avec leurs galeries en bois sculpté, embrasses assorties.

TABLEAUX, GRAVURES

BLINVILLE

523 — *Paysage.*

Deux tableaux se faisant pendants.

DIETRICH (d'aprés)

524 — *Le musicien ambulant.*

Gravure.

VALLEJO

525 — *La Vierge.*

Peinture sur cuivre.

526 — Cadre renfermant six petites gravures.

527 — Objets omis.

www.ingramcontent.com/pod-product-compliance
Ingram Content Group UK Ltd.
Pitfield, Milton Keynes, MK11 3LW, UK
UKHW022132260726
13993UKWH00003B/1389